EPITRES

SUR

DIVERS SUJETS.

Par M. Barthe, de l'Académie des Belles-Lettres de Marseille.

A PARIS,

Chez Lesclapart le jeune, quai de Gêvres.

M. DCC. LXII.

Avec Approbation & Permission.

TABLE.

EPITRES
SUR DIVERS SUJETS.

EPITRE I.

A M. DULARD, de l'Académie des Belles-
Lettres de Marseille.

Sur les Mœurs de Paris.

CE n'est pas toi que l'on refuse,
Damis ; tu veux que mon pinceau
Te craïonne un léger tableau
De cette ville qui m'amuse.
L'amitié m'en fait une loi,
Mais je fuis le ton d'un ouvrage.
Songe que je parle avec toi,
Sans art comme sans verbiage ;
Et de tant d'êtres si divers
Peins-toi le bisarre assemblage,
Par le désordre de mes vers.

Grands talens, spectacles magiques,
Tantôt courus, tantôt sifflés,
Seigneurs vils, *Midas* boursoufflés,

A

Bas flatteurs, amis politiques,
Peuple vain, luxe fastueux,
Equipages tumultueux,
Cabriolets à jeune guide,
Moines vermeils, riches prélats,
Abbés, *Adonis* en rabats,
Savans au teint pâle & livide,
Populace de beaux-esprits,
Magistrats aux discours fleuris,
Marquis bruians à tête vuide,
Amans volages, bons maris :
De tous les objets dans Paris
J'admire la source féconde,
Et cette reine des cités
A mes yeux toujours enchantés
Présente un abrégé du monde.

De l'enjoûment chaque mortel
Y reçoit & donne l'exemple ;
On court sans cesse à son autel,
Et tout Paris lui sert de temple.
La tristesse, le froid bon-sens
Sont les victimes qu'on immole ;
Les ris sont prêtres de l'idole,
Et la faillie est son encens.

Dans les cercles chacun déploie
L'art profond de tout effleurer.
Un nœud léger d'or & de soie
Unit les cœurs sans les serrer.
Vous pâlissez, les fronts pâlissent,
Et vos plaisirs & vos douleurs
Dans les regards se réfléchissent;
Mais sans pénétrer jusqu'aux cœurs.
Telle est une brillante glace,
Tels ces marbres durs & polis,
Où les objets sont reproduits,
Mais s'arrêtent à la surface.

On y disserte des chansons
Et du savoir des philosophes,
Des brochures & des sermons,
Des ministres & des étoffes,
Des caillettes & des guerriers,
Du Jansénisme & des actrices,
Des champs de *Mars* & des coulisses,
Et des pompons & des lauriers.

Ce peuple, favori des Graces,
Mais redouté des fiers Anglois,
Par des bons mots & des couplets

Se confole de fes difgraces.

Il préfère les jeux badins

Aux nobles tranfports du génie,

Son art de plaire & fa folie,

Aux vœux outrés de fes voifins

Il aime avec idolâtrie

Les bons danfeurs, les airs nouveaux,

Et vante peu fes Généraux,

S'ils n'ont que fauvé la patrie.

Je vois les travers confacrés,

Les ridicules effroyables,

Les défauts fouvent adorés,

Les vices mêmes agréables.

Le bon-ton fait lès bonnes mœurs;

Ses oracles, ce font les Belles,

Reines des efprits & des cœurs,

Au rouge, à la mode fidelles,

Et *Pénélopes* comme ailleurs.

O Déeffe de cet Empire,

Mode, ce n'eft que dans Paris

Que de tes loix on peut s'inftruire.

Ton caprice qui nous infpire,

Règle nos mœurs & nos écrits,

Donne à l'Europe nos habits,
Dicte l'éloge & la fatyre.

Les goûts, les deftins font divers.
Le Germain brille par le code.
L'Anglois tient le trident des mers.
Le François regne par la mode.

Mais ce peuple de fous charmans
Offre en tout genre des modèles.
Il réunit aux agrémens
Des connoiffances immortelles,
Aux colifichets les talens,
Et le génie aux bagatelles.

Tandis qu'à des foupés brillans
Que les ris François affaiffonnent,
Les flots du champagne bouillonnent
Dans les criftaux étincelans;
Tandis que les jettons réfonnent
Sous l'avide main des joueurs;
Que des airs, du fommeil vainqueurs,
Animent des danfes légères,
Et que les amans féducteurs
Trompent les époux & les mères,

L'aftronome obferve les cieux ,
Attentif au fein des ténèbres ;
Le poëte , des rois fameux
Evoque les ombres funèbres ;
Des Empires changeant le fort ,
Le guerrier trace des batailles ,
Et prépare les funérailles
D'une foule immenfe qui dort.

On parle ici Philofophie ,
Pour Philofophe on ne l'eft pas.
Le mafque de la modeftie
Sert l'orgueil de tous les états ;
On y cenfure par envie ,
On raille , on médit par manie ,
On ne brille que par éclats ,
Et par air on eft même impie.
Mais grace aux fages délicats
Qui favent abréger la vie
Longue fans un peu de folie ,
Ici , mieux que dans nos climats ,
On chante , on rit , on boit , on aime ,
On fait être heureux fans fyftème ;
Tous les arts aux jeux , aux repas
Uniffent leur charme fuprême ;

Chaque saison a des appas,
Et dans le sein de l'hiver même
Les fleurs y naissent sous les pas.

C'est sur ces rives fortunées,
Damis, que les arts, les plaisirs,
Arbitres de mes destinées,
Vont remplir mes jeunes années
Et la foule de mes desirs.

Majestueuse Architecture,
De Paris superbe ornement;
Chef-d'œuvres d'un pinceau brillant,
Rival heureux de la nature;
Marbres qu'un ciseau créateur
Façonne, amollit, vivifie;
Theâtre, dont l'art enchanteur
Unit *Melpomène* à *Thalie*,
Où me fait frémir *Athalie*;
Où m'amuse un dévot trompeur;
Fameux temple de l'harmonie,
Qui captives par ta magie
Mes yeux, mes oreilles, mon cœur;
Vous tous, divins fruits du génie,
Je vous vois enfin, je vous sens,

A iiij

Vos charmes ont rempli mon ame,
Et vous verſez dans tous mes ſens
Ces tranſports, cette active flâme,
Mère féconde des talens.

Mais toi, Plaiſir, Plaiſir aimable,
Que défend la triſte raiſon,
Toi, qui dans les yeux de * *
Me peins le bonheur véritable,
Embelli ma jeune ſaiſon.
Oui, je badine avec *Chapelle*,
Je vole aux cieux avec *Neuton*,
Je m'attendris avec * *.
Il eſt doux pour l'ame immortelle,
Sublime & tendre tour-à-tour,
D'allier l'étude & l'amour,
D'unir à *Paſcal* une Belle.
Damis, par de vains argumens
 Ne fane point la fleur brillante
Du Plaiſir, ce Dieu de mes ſens;
Peut-on être ſage à vingt ans?
Socrate ne le fut qu'à trente.
Eucharis, aux yeux de *Mentor*,
Charmoit le jeune *Télémaque*,
Qui, dans ſon amoureux eſſor,

Oublioit fon père & l'Itaque,
Et, s'il faut mieux citer encor,
Aux champs de *Mars* le fier *Hector*
Songeoit à fa belle *Andromaque.*
Mais de la fombre antiquité,
A quoi bon perçant les ténèbres,
Chercher des exemples célèbres ?
Ai-je befoin d'autorité ?
Ces vers, enfans de ta jeuneffe,
Et d'une lyre enchantereffe,
Où ta mufe, d'*Anacréon*
Prêche la morale commode,
Et fait fourire à ce fermon,
Ces vers font aujourd'hui mon code.
O des neuf Sœurs amant chéri,
Je ne puis donc plus que te lire !
J'étois trop heureux de m'inftruire
Près d'un philofophe poli,
Qui fait penfer, & qui fait rire !
Amitié, doux enchantement,
Que d'autres en des vers fublimes,
Nous tracent ton portrait charmant :
Sans te définir par maximes,
Je te connois par fentiment.

EPITRE II.

A MADAME DU BOCCAGE.

Sur l'influence des femmes fur les mœurs.

LOIN de ces villes mufulmanes,
Où le beau fexe infortuné
A la fageffe condamné,
Gémit fous des tyrans prophanes ;
Il eft fur des bords plus heureux
Une ville immenfe & polie,
Séjour des Beaux-Arts & des Jeux,
Ouvrage bifarre & pompeux
De *Minerve* & de la *Folie.*

C'eft-là qu'arbitre fouverain,
Dans une activité frivole,
On voit le peuple féminin
Décider le fort incertain
D'un monde dont il eft l'idole,
Et gouverner le genre humain.

O toi, qu'on redoute & qu'on aime,
Beauté, l'éclat du diadême

Céde à l'éclat de tes attraits.
Les rois ont un pouvoir fuprême ;
O Beauté ! tu n'as que toi-même,
Les rois font tes premiers fujets.
Des rubans forment fa couronne ;
Des fophas lui fervent de trône ;
Elle a pour fceptre un éventail,
Pour tréfor fon cœur & fes charmes,
Pour fafte des magots d'émail,
Et des regards pour feules armes.

Ces fiers vengeurs de nos États,
Ces guerriers qui dans les combats
Portent un vifage intrépide,
Eux qui bravent des bataillons
Hériffés d'un fer homicide,
Eux que le bruit de cent canons
Jamais n'étonne ou n'intimide ;
Ces *Renauds*, aux pieds d'un *Armide*
Daignent abaiffer leur fierté,
Aux femmes tremblent de déplaire,
Et viennent, pleins d'aménité,
Plier leur mâle caractère
Aux caprices de la Beauté.
Vieillis dans les champs de *Bellonne*,

Vénus a leurs derniers momens.
Ils feignent des empreſſemens
Même au-delà de leur automne.
Ils adouciſſent leur regard
A-travers leurs doubles lunettes,
Applaudiſſent des ariettes,
Et, pour *Chaulieu* quittant *Follard*,
Changés en héros de toilettes,
Ils expirent ſous l'étendard
Et des prudes & des coquettes.

Nos magiſtrats impérieux
De qui les ames peu communes
Partageant le pouvoir des Dieux,
Règlent d'un ton ſententieux
Et nos deſtins & nos fortunes ;
Ces ſénateurs facétieux
Mêlent pour plaire à deux beaux yeux,
A l'antique jargon du code,
Les propos fins, les jolis traits,
Et le ton léger de la mode
Au ton empeſé des arrêts.
Aux Dames par eux encenſées
Ils offrent les tributs flatteurs
De leur ambre, de leurs odeurs,

Et les boucles entrelacées
De leurs cheveux longs & flottans,
Et de leurs phrases compassées
Les insipides agrémens,
Et des ardeurs toujours glacées.
D'un air léger mais occupé
Ils vont, ils parlent en cadence.
Ils plaisantent à l'audience,
Ils opinent dans un soupé.

Que dis-je ? Un Crésus imbécille
Qui ne sçait compter que par mille,
Qui, fier d'un hôtel somptueux,
De ses grands laquais dédaigneux,
Des sots hommages du vulgaire,
Traîné dans un char fastueux,
Ne daigne point toucher la terre ;
Ce Dieu des avides mortels
Descend de ses riches autels.
Il s'empresse à soumettre aux Belles
Qui le flattent d'un œil malin,
Ses chars qu'a vernissés *Martin*,
Ses gros galons & ses dentelles,
Les bijoux qu'étale sa main,
Ses précieuses bagatelles,

Ses architectes, ses brodeurs,
Son faste, ses fausses grandeurs,
Toutes ses risibles hauteurs,
Ses amis que son or éveille,
Les dédicaces des auteurs,
Et ses ancêtres de la veille.

Ainsi, maître absolu des cœurs,
Le beau Sexe, avec un sourire
Commande tout ce qu'il desire.
Par des danses, des chants vainqueurs,
Par des caprices séducteurs
Il sçait régler, il sçait proscrire
Les modes, les goûts & les mœurs ;
Pour des loix donne des erreurs,
N'aime, ne répand que les fleurs,
Communique un brillant délire,
Orne le frivole & le faux,
Reçoit l'encens des madrigaux,
Et soumet tout à son empire,
Les grands, les sages & les sots.

Mais je vois des maisons riantes,
Temples de ces divinités.
Que leurs douces voix font puissantes !

On vole aux ordres respectés
Que donnent ces têtes charmantes.
Le nombre, la pompe des chars,
L'or qui le céde à la peinture,
Une élégante architecture
Arrêtent mes premiers regards.
Plus loin sur la toile docile
Dans un sallon voluptueux,
De *Boucher* le pinceau facile
A des Amours tracé les jeux.
De la moire l'onde incertaine,
Les riches tapis des Persans,
Les marbres & la porcelaine
Décorent ces appartemens ;
Et le cristal poli des glaces
Des Belles répéte les graces,
Et l'éclat de mille ornemens.
Tout respire ici l'abondance,
La parure, le doux loisir.
Ah ! sans doute on ne voit qu'en France
Les Dieux du goût & du plaisir
Amis du Dieu de l'opulence.
L'espoir de la félicité,
A l'aspect de tant de merveilles,

A faifi mon cœur enchanté :
J'ouvre les yeux & les oreilles.

Obferver l'effet d'un pompon,
Et méconnoître un caractère ;
Applaudir un joli fermon,
Et réformer le miniftère ;
Rire d'un projet falutaire,
Et s'occuper d'une chanfon ;
Immoler les mœurs aux manières,
Et le bon fens à des bons mots ;
Dire gravement des mifères,
Et plaifanter fur des fléaux ;
Siffler l'air fimple d'un héros,
Et chérir des têtes légères;
Se flétrir dans la volupté,
S'ennuyer d'un air de gaîté,
N'avoir de l'efprit qu'en faillie,
Paroître poli par fierté,
Perfide par galanterie,
Généreux fans humanité ;
Sans être aimé fe voir goûté ;
Louer par fade idolâtrie,
Ou par defir d'être flatté ;
Médire par oifiveté,

Quelquefois

Quelquefois par méchanceté,
Plus souvent par coquetterie ;
Quitter *Cléon* par fantaisie,
Aimer un duc par vanité,
Un jeune fat par jalousie :
Tel est ce monde tant fêté,
Telle est la bonne compagnie.

Quoi ! faut-il chercher le bonheur,
Sans cesse éloignés de nous même,
Ignorer le plaisir extrême
De s'éclairer, d'avoir un cœur ?
Quoi ! sur le theâtre bifarre
Du bruit, du luxe, de l'erreur,
Un fage aimable est-il si rare ;
Et l'art, le don de l'agrément,
Ce don futile, mais charmant,
Du François premier apanage,
Seroit-il l'unique avantage
D'un fexe enchanteur & puiffant ?

Non : Paris voit une mortelle,
Simple par goût, belle fans fard,
Finé fans air, vive fans art,
Et toujours égale & nouvelle.
Comme *Vénus* elle fourit,

B

Comme l'*Amour* elle nous bleſſe,
De *Minerve* elle a tout l'eſprit,
Hélas ! & toute la ſageſſe.

Mais elle unit à des appas
Une ame ſenſible & ſublime,
L'art difficile de la rime
Aux traits ſaillans ou délicats.
C'eſt elle dont la voix touchante
A fait retentir ſur nos bords
Les ſons nombreux, les fiers accords
De ce *Milton* que l'Anglois vante ;
Elle qui dans de nouveaux airs
A chanté, rivale d'*Homère*,
Ce Génois, ce vainqueur des mers,
Qui d'un vaſte & riche hémiſphère
Aggrandit pour nous l'univers.

Auſſi dans les champs d'Italie,
Pour le chantre de ſon héros,
Gènes des lauriers de *Délos*,
Mêlés aux myrtes d'*Idalie*,
A formé des feſtons nouveaux ;
A ſon aſpect, des cardinaux
L'ame altière s'eſt adoucie,

Enfin le Pape l'a bénie ;
Mais vingt siécles auparavant
Le doux *Tibulle* en la voyant,
Eût, je pense, allarmé *Délie;*
Virgile eût mieux peint *Lavinie;*
Et son *Auguste* assurément
N'eût jamais couronné *Livie.*

Chère aux Savans, chère à *Cypris,*
Illustre & belle *DU BOCCAGE,*
L'honneur & l'amour de Paris,
Jouissez du plus beau partage,
Goûtez la gloire au sein des ris.

Les grands poëtes & les Belles
De l'envie excitent les cris.
Vous étonnez les beaux esprits,
Vous faites mille amans fidèles ;
Mais vous n'avez point d'ennemis.
Votre sexe qui vous envie,
En faveur de votre génie,
Pardonne vos charmes brillans;
Tandis qu'en faveur de ces charmes,
Le nôtre, qui vous rend les armes,
Vous pardonne tous vos talens.

EPITRE III.

A MESDAMES SEIMANDY.

Sur l'Enjoûment.

L'ANGLOIS, de la Philosophie
Perçant les auguftes fecrets,
Dans le filence des forêts
Promène fa mélancolie.
Célèbre dans l'art de jouir,
Le peuple qai vit naître *Ovide*,
Sous un myrte où l'amour le guide,
Refpire & chante le plaifir.
L'Ibère qui des bords du Tage
Franchiffant l'abyme des flots,
Nous donna des mondes nouveaux,
Dans fes yeux & dans fon langage
Peint la majefté des héros.
O François, une aimable chaîne
T'unit au Dieu de l'agrément.
J'habite les bords de la Seine :
Je dois mes vers à l'*Enjoûment.*

Oui, fans ce Dieu qui nous careffe,
Pour nous la vie eft un fardeau.
Avec lui l'heureufe vieilleffe
Badine encor près du tombeau.
Il donne à la belle jeuneffe
La piquante vivacité,
Et de l'univers enchanté
Il bannit par fa douce yvreffe
L'ennui de l'uniformité.
Ah! fans lui, d'un talent fublime
Nous fommes foiblement émûs;
A peine d'utiles vertus
Obtiennent une froide eftime.
Mon cœur eft bien mieux occupé
Par fon badinage folâtre.
Corneille eft roi fur le theâtre,
Chapelle eft Dieu dans un foupé.
L'éclat d'une fuperbe fête,
Les palais fomptueux des rois,
S'il n'y fait entendre fa voix,
N'offrent qu'une pompe muette.
Cédez à ce Dieu féducteur,
Vains philofophes de la Grèce,
Vous raifonniez fur la fageffe;

Mais par lui je fens le bonheur.
Il embellit la beauté même.
La laideur lui doit des attraits,
Il répand des charmes fecrets
Sur le chaume & le diadême.
De *Mars* le glaive enfanglanté,
La balance de la Juftice,
Le fceptre de l'Autorité,
Sont les jouets de fon caprice.
Souvent l'Europe a vû fes mains
Des États diriger les rênes.
Plus puiffant que les *Mazarins*,
Que les *Louvois*, que les *Turennes*,
Il régloit le fort des humains.
Aimable Dieu, dans ma patrie,
Fixe à jamais tes étendarts ;
Sans toi, que m'importent la vie,
Les dignités & l'induftrie,
Et les tréfors & tous les arts ?

L'ame d'un Grand peu fatisfaite
Gémit dans de brillans feftins.
Son œil fur les plus beaux jardins
Promène une vûe inquiète.
Il ne jouit point de ces eaux

Que la jeune main des Naïades
Sur le gason verse en cascades,
Ou fait jaillir sous des berceaux.
L'airain, le marbre qui respire
Ne retracent pas pour ses yeux
Les traits des Belles ou des Dieux.
Son maître a daigné lui sourire;
Il marche entouré de flatteurs,
Il fait gouverner un Empire.
Hélas ! au faîte des honneurs,
Malheureux ! Il ne sçait pas rire.

L'hiver flétrit notre séjour.
L'air est troublé par les orages.
Le ciel est couvert de nuages.
L'œil cherche envain l'astre du jour.
La neige blanchit les montagnes.
Les eaux inondent les vallons.
Le vent mugit dans les campagnes.
Les fleuves roulent des glaçons.
Un disciple heureux d'*Epicure*
S'amuse, environné d'horreurs.
Au sein d'une retraite obscure,
Et dans le deuil de la nature,
L'*Enjoument* fait naître des fleurs.

B iiij

Quel eſt ce temple où la richeſſe
Et le goût fixent mes regards?
Un Créſus, yvre de molleſſe,
Y dort au milieu des beaux arts.
Sa jeune & perfide maîtreſſe,
Par ſes chanſons & ſes appas,
Réveille envain cette ame épaiſſe :
Le plaiſir ne s'achète pas.
Sur une toile enchantereſſe ·
Les ris & les jeux ſont tracés :
Sur ſon front, dans ſes yeux glacés
Je n'apperçois que la triſteſſe.

Quittons *Plutus* & ſes boſquets,
Pour une fête de village :
Sous des tavernes de feuillage,
On peut oublier les palais.
Là, des raïons de l'allégreſſe
Les viſages ſont colorés ;
On n'y voit point les flots dorés
Des bons vins d'Eſpagne ou de Grèce ;
Un jus ſans parfum, ſans fineſſe,
Gratte les goſiers altérés.
Là, ſous des ombrages antiques
Sautent de vigoureux danſeurs ;

Là, je vois les vieillards grondeurs
Déridés par des airs bachiques ;
Je compte ces groupes ruſtiques,
Et j'entends trinquer les buveurs.
Là, parmi des concerts barbares,
Des pots briſés, des cris perçans,
Les amantes & les amants
Forment mille courſes biſarres ;
Le père anime ſes enfans.
Vous triomphez dans ces orgies,
Bonheur groſſier, facile & doux.
Princes fameux, puiſſans génies,
Ont-ils moins de plaiſirs que vous ?

Je ſais que l'*Enjoûment* préfère
Une vive & douce gaîté,
Naïve ſans être groſſière,
Toujours noblement familière ;
Piquante avec ſimplicité.
Heureux le mortel plein de graces,
Qui n'eut jamais l'air apprêté,
Qui rit ſans art & ſans grimaces,
Me raille ſans méchanceté,
Sans qu'il me flatte, fait me plaire, }
Traveſtit en jeune beauté,

Cette raifon vieille & févère,
Qui des Belles fe fait chérir,
En les amufant les enflâme,
Et fans les voir jamais rougir,
Excite fouvent dans leur ame
La douce image du plaifir !

Non loin de la reine des villes,
Au centre d'un bocage épais,
Dans des lieux en rofes fertiles,
L'*Enjoument* plaça fon palais.
Il en a banni l'opulence.
Sur-tout, l'or n'y brilla jamais.
De la trifte magnificence
Ce Dieu fuit les pompeux apprêts.
Des myrtes fouples qui s'uniffent,
Forment des voûtes en berceaux ;
Des rangs de jeunes arbriffeaux
Sont des colonnes qui fleuriffent ;
L'air eft charmé du bruit des eaux
Qui ferpentent ou qui jailliffent,
Et toujours ces bois retentiffent
Des accords brillans des oifeaux.
Là, fur le marbre ou le porphire,
On ne voit point ces fiers vainqueurs,

Ces héros fameux qu'on admire :
Les héros font couler des pleurs.
Mais dans ces riantes retraites
Les *Jeux* ont peint de leurs craïons
Les traits chéris des *La Fayettes*,
Des *Sévignés* & des *Ninons*.
Les mâles & sombres peintures
Des *Le Bruns* & des *Parrocels*
N'y retracent point aux mortels
Le sang, les meurtres, les blessures.
L'*Albane* y peint la volupté
D'une touche vive & légère ;
Le pinceau naïf de *Ténière*
Des hameaux la grosse gaîté ;
Dans sa bouffonne liberté
Calot lui-même fait y plaire.
L'autel n'est paré que de fleurs,
Que de festons & de guirlandes.
Le Dieu, maître aimable des cœurs,
N'exige point d'autres offrandes :
Qui peut rire obtient ses faveurs.
Par les respects ou le silence
On n'adore pas en ce lieu.
On ne rend son hommage au Dieu

Que par le chant ou par la danfe.
Sa main joue avec complaifance
Sur un luth monté par *Chaulieu.*
Il a compofé fa couronne
Des dons de *Flore* & de *Bacchus.*
La troupe des *Jeux* l'environne.
Ses traits font fins, quoiqu'ingénus.
Oh ! combien de reines altières
N'ont pû voir cet heureux féjour,
Tandis que les *Jeux* dans fa cour
Appelloient de fimples bergères !
S'il y reçût des majeftés ,
Elles quittoient du rang fuprême
Tous les ornemens refpectés ,
Et le fceptre & le diadême,
Et tout l'ennui des dignités.

Moi , je rends grace aux deftinées
De n'être point au rang des rois.
Ce Dieu, dont j'adore les lois,
Gouverne mes jeunes années.
Du fein de mon riant loifir
Il écarte l'inquiétude ;
Dans le filence de l'étude
Il m'apprend l'art de le faifir.

Et sous l'amorce du plaisir
Il me déguise l'habitude
De veiller & de réfléchir.
Tantôt, dans les jeux de *Thalie*
J'aime à le voir, utile aux mœurs,
Craïonner l'humaine folie,
Et nos vices & nos erreurs.
Tantôt dans ces lieux où la danse
Et le folâtre Incognito
Donnent une heureuse licence
Aux *Jeux* qui sautent en cadence,
Et s'agacent en domino,
Je le vois, au sortir de table,
Tenant un archet à la main,
Faire mouvoir le genre humain:
Il a l'air un peu libertin,
Mais il n'en est que plus aimable.

Mais quel soupé délicieux !
Que de nectar & d'ambrosie !
Que de plaisirs & de beaux yeux !
Non, vous n'avez rien que j'envie,
Buffets d'*Hébé*, table des Dieux.
Dans ce sallon je vois les cieux,
Je vois des amis & *Julie*.

La nuit regne sur l'univers.
Tout dort dans un profond silence.
Les champs, les villes & les mers
Sont cachés sous un voile immense.
Les projets, les soins dévorans
Font veiller de pâles miniſtres.
Les aîles des songes finiſtres
Preſſent la couche des tyrans.
Et moi, je regarde *Julie*.
L'éclat des flambeaux allumés
Rend ſes attraits plus animés,
Sa parure en eſt embellie ;
Sa main, par *Vénus* arrondie
D'un vin d'Aï verſe les flots ;
La mouſſe féconde en ſaillie
Fait pétiller tous les cerveaux ;
Loin de nous tout mortel qui penſe ;
Le bon vin s'exhale en bons mots,
J'applaudis à ceux qu'on me lance.

Je ne vois point à mon côté,
Je n'entends pas ici *Valère*,
Qui fier d'un nom jadis vanté,
Mais jaloux du talent de plaire,

Daigne se montrer populaire,
D'une pénible aménité
Voile son triste caractère,
Applaudit d'un air concerté
Au sel d'une joie étrangère,
Se croit aimable & respecté,
Veut qu'on l'envie & le regrette,
Rit le premier par vanité
De ses bons mots qu'il me répète,
M'amuse par sa dignité,
Et m'attriste par sa gaîté.
Je ne vois point cette *Delphire*,
Triste coquette à quarante ans,
Maussade avec des diamans,
Qui s'étudie à bien sourire,
Lance un regard qu'elle croit fin,
Tour-à-tour vive & languissante,
Même avec art s'impatiente,
Cherche le ton, l'air enfantin,
Et pour m'ennuïer, se tourmente.

Vous qui brillez sans ornement,
Vous rivales sans jalousie,
Filles du Dieu de l'*Enjoument*,
Nimphes qu'adore ma patrie,

Ce Dieu vous offre ſes faveurs,
Il tient le fil de vos journées,
Et vous ne cherchez point les fleurs
Dont vos têtes ſont couronnées.

Ah ! que n'ai-je ſous d'autres cieux
Chanté celui qui vous inſpire !
Vous préſidez à ſon Empire :
J'euſſe conſulté vos beaux yeux,
Ces yeux, dont un regard déploie
L'eſprit, la douceur & la joie,
Ce ſouris malin, mais flateur,
Ces graces nobles, mais légères,
Des cours des rois l'art enchanteur,
Mais le ton naïf des bergères.

Si dans les jours d'*Anacréon*,
Et ſous le ciel brillant d'*Homère*,
Vos yeux euſſent vû la lumière,
Que vit l'amante de *Phaon*,
La Grèce eût placé votre nom
Au Parnaſſe comme à Cithère.
Tous ſes poëtes renommés
Euſſent recueilli ſur vos traces

Ces

Ces fleurs dont nous sommes charmés ;
Vénus eût compté quatre Graces. *

Uvaune, tes flots orgueilleux
N'arrosent point d'illustres villes :
Mais tes flots dans un cours heureux
Baignent de champêtres asyles.
Ton nom si cher n'eut pas l'honneur
D'être célébré par *Virgile*,
Ou d'être gravé par *Delisle* :
Mais il est écrit dans mon cœur.
Lé Rhin a vû *César* vainqueur,
Follement épris des conquêtes,
Porter la foudre & la terreur :
Mais tu fus témoin de nos fêtes.

O vous que j'aime, ô dignes sœurs,
Vous, que malgré tant de rigueurs,
Un peuple de rivaux encense ;
Ne couronnez point leurs desirs,
D'une barbare indifférence
N'allez point paier mes soupirs.
Dira-t-on toujours qu'une Belle
Ne fait pas aimer un absent ?
Quoique François, je suis constant,
Et dans Paris je suis fidelle.

* Ces Dames sont quatre sœurs.

C

EPITRE IV.
A THÉMIRE.
Sur l'Ennui.

Toi, qui dans l'âge où l'on fait rire,
Goûtes les charmes du printems,
Loin de Paris qui te defire,
Te voit-on, aimable *Thémire*,
Animer par des fons brillans
Le clavecin, l'orgue & la lyre ?
Formes-tu ces divins accens
Dont l'accord me touche & m'enflâme,
Qui retentiffent dans mon ame,
Lorfqu'ils ne charment plus mes fens ?
Je ne puis te croire infidelle
Au Dieu des arts qui te chérit ;
Tu fais cultiver ton efprit,
Quoique naïve, jeune & belle.
Je crois te voir fous des berceaux
Que rafraîchit l'amant de *Flore*,
Écouter le chant des oifeaux,
Ou contempler les feux nouveaux
Dont l'azur des cieux fe colore.

Pour moi, j'éprouve les langueurs
D'un mifantrope qui s'ennuie ;
A mes yeux, couverts des vapeurs
De la fombre mélancolie,
La nature n'a point de fleurs.
Dans Paris je fuis folitaire ;
De *Rameau* les accords puiffans,
La mufe même de *Voltaire*,
Vive & folâtre en cheveux blancs,
Ne font qu'une atteinte légère
Et fur mon ame & fur mes fens.

Cependant, me créant des peines,
Vais-je quêter le froid accueil
Des protecteurs, des faux Mécènes
Qui daigneroient m'offrir des chaînes,
Et me fourire avec orgueil ?
Vil par nature ou par fyftême,
Vais-je enivrer d'un fade encens
Ce peuple qu'on nomme les Grands,
Et par de pénibles accens,
Étonner leur vanité même
Du long récit de leurs talens ?
Vais-je, dans des coupes vermeillés,

Boire un bon vin parmi des fots ,
Les défraïer par des bons mots ,
M'endormir dans leurs triftes veilles ,
Et , peu fait pour un noble effor ,
D'un Midas. couché fur fon or ,
Careffer les longues oreilles ?
Je hais le ton fier ou foumis ,
Je dédaigne l'art des grimaces ,
Je ne chante que mes amis ,
Et ne fais point de dédicaces.

Du cœur de l'homme affreux vautour ,
Ennui, quels feroient donc mes crimes ?
Crains-tu de manquer de victimes ?
Tant de rois compofent ta cour !
Faut-il hélas ! que tu m'opprimes
Au fein des jeux & de l'amour ?
Faut-il que ton fouffle empoifonne
Les plaifirs de mes premiers ans ?
Verrai-je les nuits de l'automne
Dans les beaux jours de mon printems ?

Ah ! pour fignaler ta puiffance,
Cherches-tu de nombreux vaffaux ?
Je vois une recrue immenfe

Digne de fuivre tes drapeaux.
Endors au fein de leur yvreffe
Ces fous brillans, héros du jour,
Enfans vieillis par la molleffe,
Qui des travers de leur jeuneffe
Amufent la ville & la cour,
Sont au-deffous d'une foibleffe,
Ont une Laïs pour maîtreffe,
Et font un bail avec l'amour
Qui les avilit, les careffe,
Et qui les trompe tour-à-tour.
Affoupi ces menteurs célèbres,
Dans la chaire de vérité,
Ces faifeurs d'oraifons funèbres,
Dont l'éloquente vanité
Des princes flatte la pouffière ;
Saints prélats, qui chargés d'honneurs,
Parlent du néant des grandeurs,
Étalent d'auguftes douleurs,
Et des cieux ouvrent la barrière
A des ames de grands Seigneurs.
O Dieu puiffant, place ton trône
Dans ce beau monde fi vanté,
Où regne avec l'oifiveté

Une élégance monotone,

Un air poli, froid, concerté ;

Où l'homme rampe aux pieds des Belles,

Où changeant de sexe pour elles,

Sans force & sans vivacité,

Il se lasse même à médire ;

Où par l'esprit meurt la gaîté,

Où la jeunesse & la Beauté

Bâillent dans l'effort du sourire.

Va couronner de tes pavots

Les lecteurs oisifs de gazettes,

Les pédans à doubles lunettes,

Les faux plaisans, les faux dévots,

La none au maintien séraphique,

La prude au modeste souris,

L'algébriste au front méthodique,

Le robin à l'air symétrique,

Et même assez de beaux-esprits.

Mais sur-tout, la reconnoissance

Doit te parler pour les maris.

(*Ennui* chez eux a pris naissance.)

Qu'ils soient tes plus chers favoris.

Que dis-je ? à de nouveaux supplices

Devrois-je inviter ton courroux ?

Ah ! tu n'as que trop parmi nous
Et de fujets & de complices.
C'eft toi, dont les fombres vapeurs,
Sous le nom de philofophie,
Ont enfanté ces novateurs
De qui la main appefantie
Defféche les brillantes fleurs
De la fublime poëfie ;
Qui, froids cenfeurs des fictions,
Glacent par des calculs arides
Le langage des paffions,
Et qui, légiflateurs timides,
Mefurent le vol des *Miltons*
Avec le compas des *Euclides.*
Tu conduis le peuple chagrin
De ces modernes moraliftes,
Subtils & fecs anatomiftes
Des plis nombreux du cœur humain ;
Sages, dont la raifon fuprême
Défend au cœur de s'attendrir,
Qui penfent quand il faut fentir,
Font de la nature un problême,
M'enlèvent jufqu'à l'amitié,
Parlent de tout avec pitié,

C iiij

Et triftement, du bonheur même,
Ta main défigure les traits
D'une mufe ton ennemie.
Ennui, tu fais pleurer *Thalie*.
Son mafque eft chargé de cyprès.
C'eft une bourgeoife ennoblie
Qui vient déclamer des regrets
Sur la fcène de la folie ,
Où s'épuife en vagues portraits ,
Sans peindre l'homme qu'elle oublie.
Jouant l'héroïfme & les pleurs ,
Melpomène au langage épique
Se plaint auffi de tes rigueurs.
N'infpires-tu pas ces rimeurs
Qui pleins d'un délire emphatique ,
Dans un accès mélancolique
Prêtant leur ame à des Céfars ,
Offrent en vain à mes regards
Glacés par leur ton léthargique
Des feux, des poifons, des poignards ;
Dans une parade tragique ?
Sans doute , *Ennui* , tu t'en fouviens.
Tes langueurs couloient dans leurs veines,
Tu leur dictas de longues fcènes,
Leurs vers ne font-ils pas les tiens ?

En faveur de tant de soutiens,
Épargne-moi, je t'en conjure.
D'un philosophe ai-je l'allure ?
Suis-je aussi sage qu'un *Mentor* ?
Me trouverois-tu la figure
Ou d'un savant ou d'un *Nestor* ?
Des préceptes de la vieillesse
Je fuis la morne austérité ;
Je préfère à sa gravité
L'enjoument, la légèreté
Et les écarts de la jeunesse.
Partisan de la volupté,
Des arts, & de la liberté,
Dois-je connoître la tristesse ?
Ennui, *Thémire* est ma déesse,
Et ma devise, la gaîté.

EPITRE V.

A M. THOMAS, Auteur de l'Eloge
de Du-Guay-Trouin.

Sur le Génie confidéré par rapport aux Beaux-Arts.

LEs Grecs & les Romains, ces peuples de héros,
Honoroient leurs guerriers d'un marbre périffable.
La France élève aux fiens un monument durable ;
  Ils revivent fous tes pinceaux.
J'ai parcouru les mers à ta voix éloquente,
Oui, j'ai vû les débris & le choc des vaiffeaux,
L'homme, jouet des vents, des écueils & des flots,
De fa propre fureur victime renaiffante,
Le feu, le fang mêlés à l'écume des eaux,
  Et de vingt monarques rivaux
Sur le vafte océan la dépouille flottante.
  Du Guay m'infpire ; écoute-moi.
Mon ame dès long-tems à la tienne eft unie,
Tu viens de m'embrafer des flâmes du *Génie* ;
  J'ofe le chanter près de toi.

  Ce don brillant, ce don fuprême,
Sur la terre émané des raïons éternels,

Nous approche de Dieu lui-même,
Et d'un feu créateur échauffe des mortels.
Hélas ! de ce beau feu la nature est avare ;
Le temps avec effort l'arrache de ses mains.
Mais ceux qu'anime un feu si rare,
Suffisent pour guider les fragiles humains
Dans cette nuit profonde où leur foule s'égare.
Tels sont ces globes enflamés
Dans l'espace infini confusément semés.
Leurs clartés vives & fécondes
Touchent aux derniers points de ce vaste univers,
Dévoilent à nos yeux l'immensité des airs ,
Et fertilisent tous les mondes.

Sur ce globe sauvage arrêtons nos regards :
Tout change à la voix du *Génie.*
Il communique à tout la chaleur & la vie ;
Il crée, en se jouant, les prodiges des arts.
Des maisons vastes & mobiles
Flottent sur l'abyme des eaux.
Les citoyens zélés, les Dieux & les héros
Respirent sur le marbre & sur l'airain dociles.
L'effet magique des pinceaux
Me donne des erreurs & des plaisirs utiles.
Le bois harmonieux , une touchante voix

Peignent des fentimens, ou tracent des images;
Et des fons, affervis à de brillantes loix,
Célèbrent les guerriers & captivent les fages.

Mille cris font retentir l'air.
Où vole en frémiffant cette troupe rébelle?
Dans leurs yeux la rage étincelle.
Ils portent dans leurs mains & la flame & le fer.
Un feul homme éloquent s'oppofe à leur furie.
Un feul a pu calmer ces flots tumultueux.
O prodige ! Déja tous les cœurs vertueux
Aiment la paix & la patrie.

Autour d'un theâtre pompeux,
Je vois une foule innombrable.
Voltaire, aux fiers accens de fa voix redoutable,
Fait fortir du tombeau d'illuftres malheureux.
Tout un peuple, agité de crainte & d'efpérance,
Frémit dans un fombre filence.
Il craint de refpirer : une agréable horreur
Le fait palpiter de terreur.
Souvent cette muette yvreffe
S'exhale par des cris tout-à-coup élancés.
Des pleurs délicieux foulagent la trifteffe
Dont tous les cœurs font oppreffés.
Chacun quitte à regret cette fcène fanglante.

Dans un effroi qu'il aime il refte enfeveli,
Et conferve longtems une image effraïante
    Des malheurs dont il a pâli.

    Chargés de chaînes éternelles,
Efclaves des befoins & des plaifirs des fens,
Combien d'hommes obfcurs fe délivrent du temps
    Par de pénibles bagatelles !
    Au fein des cours & des cités,
    Quel foin charme un efprit fublime ?
Au milieu d'un vain bruit & des frivolités,
Il lit au cœur de l'homme, il fonde cet abîme.

C'eft-là qu'on voit les mœurs, les préjugés, les loix,
    Le choc des plaifirs & des peines,
    Le flux des paffions humaines,
Ce flux, qui falutaire & funefte à-la-fois,
    Nous conduit à de beaux rivages,
    Et nous entraîne quelquefois
Vers de fanglans écueils, enfourés de naufrages.

    Fuïant le luxe & le cahos,
Revole-t-il au fein des champêtres afyles ?
    Actif, même dans le repos,
    Ses fens deviennent plus agiles.
Son efprit plus fécond, touché de mille attraits,

S'étonne & s'attendrit du charme qui l'inspire.

Les ruisseaux des vallons, les grottes des forêts,

Les épis ondoïans fous l'aîle du zéphire,

Les amours des oifeaux, leurs chants mélodieux,

Les feux du jour, l'azur des cieux

Reproduits dans une onde pure,

Tout l'émeut, tout lui parle: ah! c'étoit pour fes yeux

Que l'Éternel fit la nature.

Un gland, qui détaché tombe au bord d'un ruiffeau,

Qu'on foule avec mépris, ce gland frappe fa vûe.

Il y voit tout un chêne, il le voit arbriffeau,

Ou déja caché dans la nue.

Ce chêne, d'un bois fombre augmente les horreurs,

Ou, penché fur un fleuve, embellit fon rivage;

Oppofé aux brûlantes chaleurs

La voûte d'un épais feuillage;

Ou, flétri par l'hiver fauvage,

Étend de long rameaux fans verdure & fans fleurs;

Il prête un folitaire ombrage

Aux plaifirs des amans, aux repas des buveurs;

Abattu par le fer, déchiré par l'orage,

Il céde en longs éclats à des coups deftructeurs,

Ou périt, fillonné par les traits du tonnerre;

Aliment d'un feu falutaire,

Il ranime à-la-fois mon sang & mes esprits ;
Il s'élève en colonne & soutient des lambris ;
Il brave sur les eaux, jusques dans ses débris,
Les aquilons fougueux qu'il bravoit sur la terre. |

Et le monde entier & ses loix,
Que sont-ils sans l'être qui pense ?
Que l'homme disparoisse, & tout change à-la-fois ;
Tout n'a qu'une vaine existence.
Son regard manque aux cieux, aux montagnes, aux bois ;
Les astres, loin de sa présence,
Se meuvent sourdement dans un morne silence ;
Et l'auguste univers sans témoin & sans voix,
Est une solitude immense.

O charme inexprimable ! ô que j'aime à sentir
Les mutuels rapports, l'invisible harmonie
Qui soumet la nature à l'homme de génie !
De son cœur dans le mien il la fait retentir.

Toutes les passions que nourrit la jeunesse,
Qui prouvent ma grandeur non moins que ma foiblesse,
Il les imite & je les sens.
Il perce les replis de l'ame des tirans,
Peint les horreurs de l'esclavage,
Les tempêtes du cœur, les scènes du carnage,

De cent peuples armés les glaives menaçans ;

Sous de nombreux fléaux les humains gémiffans ;

Et lui-même effrayé, pâlit de fon ouvrage.

Souvent, pour ces mortels choifis,

Les plus petits objets font des traits de lumière.

Par eux mille rapports tout-à-coup font faifis.

Un feul point leûr découvre une immenfe carrière.

C'eft leur efprit qui voit, qui remplit tous les lieux.

Lui feul a tous les tons & parle à tous les âges.

Sombre, léger, naïf, fublimé, gracieux,

Il fait jouir du calme & trembler des orages,

Voltige fur les fleurs & plane vers les cieux.

C'eft l'aigle dont l'effor rapide

Frappe l'olympe radieux,

Et qui, d'un regard intrépide,

Va fixer le foleil réfléchi dans fes yeux.

C'eft une colombe légère

Qui fait voler un char peint de riches couleurs,

Parcourt les bofquets de Cythère,

Et promène *Vénus* fur des routes de fleurs.

Ou tel, un roffignol, au milieu des ténèbres,

Fait retentir fes chants funèbres

Dans le calme effraïant des bois.

De

Un charme redoutable enchaîne ici mes pas.
Je m'étonne & frémis de trouver des appas
      A des lieux triftes & fauvages.
      Échappés au torrent des âges,
Ces lieux ont vû tomber des trônes, des états ;
Ils périront un jour dans les débris du monde.
Ces gouffres à mes pieds me préfentent la mort.
Mon ame, en méditant fa foibleffe & fon fort,
S'enfonce par degrés dans une horreur profonde.
Je nourris dans mon fein un agréable effroi.
J'admire la nature & puiffante & féconde.
Je fens dans ces deferts les hommes loin de moi.

      Ah ! c'eft au bord de ces abymes
Que *Lucréce* ou *Buffon* couleroient de beaux jours.
C'eft ici que perçant des myftères fublimes
Ils fauroient dédaigner & la gloire & les cours.
        Quand les neiges éblouiffantes
        Couvrent au loin les champs glacés,
        Qu'au fein des forêts gémiffantes
        Les cédres tombent fracaffés,
Que les fleuves cent fois pouffés & repouffés
Précipitent le cours de leurs eaux écumantes,
Que la fureur des vents fur les mers mugiffantes
                   E

Emporte des vaisseaux les débris dispersés,
Et frape de terreur les villes chancelantes :
      Le sage, en ces affreux momens,
Contemple sans pâlir ces terribles images ;
Il fait jouir, tranquille au milieu des ravages,
      Du désordre des élémens.
Il sent l'ordre éternel au-dessus de nos têtes,
Il voit avec plaisir les horreurs des hivers,
Et l'équilibre heureux, soutien de l'univers,
      Qui rend utiles les tempêtes.
      Il veut saisir tous ces trésors
Que des siécles d'étude ont effleurés à peine,
      Les nœuds de l'immuable chaîne
      Qui lie & suspend tous les corps,
Tant de propriétés, d'espéces, de ressorts ;
Il embrasse, il parcourt l'immensité des choses,
Des sels, des eaux, des feux combine les rapports,
Discute les effets, approfondit les causes,
S'élance vers le Dieu de tant d'êtres divers,
      Admire autant ses mains fécondes
Dans l'aîle d'un insecte ou le sable des mers,
Que dans l'éclat des cieux & la foule des mondes.

      Tu fais le prix de ces instans,
Tu goûtes ces plaisirs inconnus au vulgaire,

O mon ami ! le don de plaire

N'énerve pàs toujours les fublimes talens.

Je t'ai vû regarder d'un œil philofophique

Le fuperbe & fombre tableau

Tracé par la nature au pied de ton château.

Pour en peindre l'image effraïante & ruftique,

D'*Homère* ou de *Rembrant* que n'ai-je le pinceau ?

O fouvenir mêlé de joie & de trifteffe !

Parmi les fêtes & les jeux

Que pourfuit dans Paris la riante jeuneffe,

Je regrette les jours, fi chers à tous les deux,

Qu'à l'envi rempliffoient les arts & ta tendreffe.

Dans ces jardins fi beaux qui délaffoient un roi,

Où *Racine* touchoit la lyre,

Je regrette ces lieux où mon ami refpire ;

Mon cœur y vole auprès de toi.

F I N.

Faute à corriger.

Page 48 , & trembler des orages, *lifez* frémir.